[Nossa Éditions]

La maison des fauves
Márcia Bechara

Traduit du portugais [Brésil] par Izabella Borges

La maison des fauves
7

L'eau
17

Myopie
29

Ce retard
37

La matière
(ou **L'avènement de la matière**)
43

Pierre
49

Mutisme
53

Presque
59

La femme-lézard
71

Allégorie
73

La maison des fauves

À ma naissance, mon père a vomi en entier une corne qui grandissait dans son ventre depuis plus de trente ans. Ni le rugissement amazonien, ni la violence de la jungle, ni le silence des fauves n'ont atténué la douleur de ma mère, morte en couches – une autruche montée par un rhinocéros.

Ignorants sont ceux qui croient que les espèces animales ne s'accouplent pas entre elles. Qui donc pourrait soupçonner la passion sourde entre un singe et la femelle d'un tigre ? Un hominidé désirant les attributs du félin avec toute sa force, dans une passion implacable et tranquille, de ces longues passions dangereuses, les passions de guerre. Quel singe ne se soumettrait aux pattes élégantes et mortelles de la féline, ne fût-ce que pour goûter ne serait-ce qu'un peu du miel de l'assassine ?

Parmi les bêtes je suis née, dans la connaissance de tous les aspects cornés de ma naissance – dents, os, cornes, appendices, le tout sous la structure fine de la peau d'un nouveau-né. Il existe une biologie propre à la naissance des bêtes, dans cette croûte sans asepsie, lieu où l'on apprend à respecter les commencements.

Mes parents ne m'épargnèrent pas la connaissance de la matière : ils déchiraient avec leurs dents, cornes, griffes et becs, tous les élans protecteurs de mes membranes, livrant la peau encore translucide à son destin pour qu'elle apprenne à renaître seule des dégâts du monde. Je hurlais de rage, victime révoltée d'une telle exposition, rongée par la faim sans mesure, par la soif éternelle, le froid, je geignais pour tout, je détestais être fauve.

Je haïssais aussi les bêtes, une et toutes.

Parce que je voulais prendre délicatement les tasses à thé, marcher avec grâce, je voulais une vie loin de la bonne odeur de la jungle, je voulais réussir à me corrompre, me défendant ainsi contre ma nature. Cependant, je réduisais à chaque fois la tasse en poussière, en miettes sur le sol, une bête, un fauve. Je n'ai jamais eu la main pour les choses délicates.

La femelle en moi ne s'est pas soumise, malgré mes efforts puérils pour arracher, avec des larmes et du sang, les griffes féroces qui me poussaient aux pattes et les poils redoutables qui s'aventuraient sur ma poitrine.

Quand on est fauve, on a une compréhension linéaire du corps. L'apprentissage commence alors que nous sommes des nouveau-nés et que les liquides ne se sont pas encore solidifiés. Les bébés fauves sont des élèves voraces de leur propre corps, des leçons qu'il leur donne et qui se perpétuent sans culpabilité tout au long de leur vie. La faim n'est rien d'autre que la faim. Les poils nous habillent et nous n'y pouvons rien.

Nous apprenons à marcher sur les pierres, la poussière, la boue et sur d'autres bêtes, plus petites, déchirant nos pattes chaque fois que nous nous en servons. Cela donne une science naturelle de la guérison. Et l'aisance, à manger d'autres bêtes, à attaquer les autres bêtes. Qui d'entre vous oserait cet acte, l'assassinat par la faim, dépouiller de sa peau la chair d'un autre, mû uniquement par la faim ?

Née de deux espèces différentes, je ne me suis jamais remise de cette ambiguïté, n'appartenant à aucun code défini. Je suis un animal compliqué, voyez-vous, travaillé par des cornes, et à mesure que je m'installe dans la condition de fauve, d'autres branches me poussent, incontrôlables. Comme moi, il y avait dans le jardin luxuriant où nous vivions toute sorte de bêtes, nées avec des têtes de taureaux et des pattes d'amphibiens, langues de serpents et torses de jaguars.

Nous les bêtes ne mesurons pas la passion, nous nous accouplons avec ceux qui nous plaisent. Tout ce que vous apprenez dans les livres de biologie et d'histoire naturelle est un mensonge. Nous les bêtes, nous sommes l'insurrection des livres. À la vitesse à laquelle nous nous reproduisons, nous sommes inclassables. Nous sommes la révolution.

J'habite un jardin immense, dans une jungle hantée, dont les limites sont visibles lorsqu'on a assez d'énergie et de souffle pour les balayer. C'est une tâche difficile. Le jardin où j'habite est long et suffisamment grand pour que je m'y cache. Nous sommes les animaux d'élevage du dresseur Juan Valente, un homme bon, qui, à la demande d'une reine, nous a rendu à la vie sauvage.

André, par exemple, était comptable diplômé avant de devenir l'une des salamandres du bassin. Muriel travaillait dans la construction civile avant de laisser pousser son incroyable queue de hérisson. Lucia ne voulait pas être un loup, mais c'est en loup qu'elle s'est transformée après avoir ôté tout le mensonge plastique de ses gencives et avoir senti pousser ses dents, pour voir naître, de chaque côté de son visage, des oreilles en pointes. La vérité, c'est que personne ne soupçonne sa vocation de fauve.

Cependant, nous ne nous sommes jamais rebellés contre Juan Valente, le dresseur de cirque, dont la nature humaine était bienveillante et généreuse. Son fouet était de pure joie, simple artifice de théâtre qu'il n'a jamais porté contre aucune bête, même pas contre les castes mystérieuses de ces fauves qui s'entassent dans l'aile nord du grand jardin-jungle, bêtes mythologiques et cruelles, régies par une morale d'un autre temps. Dans l'aile nord, Juan, et seulement Juan, entrait. Nous ne nous aventurions pas dans cette zone située au-delà des frontières de la peur.

C'est à côté du dresseur que nous compatîmes, en juin, au sort de la jeune Laïca, sur les omoplates de qui se sont mises à pousser de gracieuses ailes mêlées de plumes multicolores. Elle geignait beaucoup, déshéritée de sa fragile condition humaine, n'ayant plus de famille à elle, plus de racines, plus de calme et plus de clan. Maintenant les fauves l'attendaient.

Laïca se rendait compte qu'il lui fallait se lier avec tous les fauves, tous : l'avantagé de la vie, le maladroit, celui qui est ferme et fort, l'immense animal de la vie. Elle endura les souffrances dues aux horreurs de ce passage dans le nouveau monde, puis se tut. Nous nous sommes sentis, peu à peu, plus proches d'elle. Parce que, voyez-vous, il y a plusieurs types de fauves, ceux qui naissent ici et ceux qui renaissent ici, mais nous y mourons tous. Dans cette condition mortelle, nous nous sommes approchés d'elle, délicatement, pour ne pas lui causer d'agitation.

Laïca n'a pas flanché, malgré son immense tristesse. Elle avait de la douceur et du respect, mais nullement la vocation de phénix qu'il lui fallait assumer. Pénétrer l'aile nord, ce vide sans espoir, et rejoindre les siens, les animaux-énigmes, cela, elle ne le pouvait pas. Contre la volonté du lion, elle s'offrit à sa cohorte pour être dévorée.

Elle n'a pas attendu le lever du jour, s'est placée sans peur face à la tanière des félins avant qu'ils partent en chasse. Mues par l'instinct, attirées par l'odeur du sang qui jaillissait d'une blessure qu'elle s'était infligée de ses propres griffes, les bêtes ont dévoré Laïca avant que sa véritable nature la transforme. On raconte que les lions geignaient en dévorant ses doux viscères et qu'ils n'ont plus jamais été les mêmes après ce jour, accablés par la malédiction d'avoir dévoré un animal mythologique appartenant à l'aile nord ou, peut-être, par la mélancolie des tueurs de beauté.

J'évite ce genre d'événement pour ne pas blesser la bête que je suis. Vigoureuse, mais assez obsédée par mes attributs – les cornes, de tous les formats –, je sors peu quand il y a de la lumière. Je préfère rester dans le jardin et marcher à côté de Juan, silencieusement, dans son ombre. Il aime feindre de ne pas me voir, mais moi je vois que, tandis qu'il marche, il débroussaille, sans doute pour que je puisse le suivre. J'ai toujours considéré cela comme une espèce d'amour, peut-être le seul que je connaîtrai. Je le dis sans mélancolie ou auto-indulgence, ce sont là des sentiments que je ne connais pas. Nous, les fauves, nous n'avons pas de perversion, de morale, de culpabilité ni de nostalgie. Nous sommes un corps dans un corps.

Un jour, j'ai senti quelque chose d'étrange en Juan Valente. Il oubliait de secouer les branches basses pour faire tomber les fruits à l'intention des rongeurs. Il ne poursuivait plus les animaux véloces, comme habituellement, pour son plaisir. Et un après-midi, j'ai vu que Juan semblait flotter dans ses pensées, la tête basse, face au bassin des poissons rares, étourdi, ailleurs.

Peu de temps après, il est apparu complètement négligé, une barbe hirsute avait balayé à jamais son joyeux visage d'enfant. Une ombre l'avait remplacé. Juan ne quittait plus le jardin à la tombée de la nuit. Étrangement, il restait.

On pouvait voir, le matin, ses yeux enfoncés, tendus, sans allégresse. Il abandonna son cerceau et son fouet aux insectes, à la fontaine. Nous sentions que, chez lui, le dresseur se désintégrait conjointement à l'homme et nous questionnions les raisons de cette métamorphose. Juan était en deuil, plus qu'en deuil, il était fini. Il était tombé éperdument amoureux de Cassiopée, de l'épouvantable aile nord – femme transformée en constellation.

Tous les soirs, Cassiopée l'appelait, et comme il ne pouvait répondre à la femelle, ses trente étoiles brillaient incessamment pour lui. Trente morts, trente provocations. L'homme en perdait la raison.

Je ne pouvais rien faire. Avec mes seuls appendices d'os et de corne, je n'avais aucun moyen d'arracher Juan à sa transe. Et nous tous, les fauves, privés de sa protection, sentions un abandon s'abattre sur nous. Une ambiance d'orphelinat commença à gagner le jardin. Nous beuglions, hurlions, meuglions le soir pour que Cassiopée nous laisse Juan, mais les fauves sont impuissants face aux étoiles, ces magiciennes solitaires du désir.

C'est alors que, d'autres hommes ont envahi notre maison et nous ont pris notre dresseur, Juan Valente. Accusé de folie, il fut attaché avec une corde alors qu'il criait de passion lucide pour Cassiopée. Celle qu'on ne pouvait voir que la nuit.

Maladroits devant la folie, l'amour et les fauves, et si téméraires, les hommes sont venus pour tuer. Ils ont attaqué les serpents, les centaures, les taureaux, les crocodiles. La salamandre, l'écureuil et le loup ont assisté à tout, épouvantés. C'était une dévastation de notre périmètre, une violence. Je me suis cachée dans les buissons, pétrifiée de voir se désintégrer tout ce que je connaissais.

Quand les hommes sont partis, le silence des fauves est tombé en avalanche sur le jardin. Nous ne savons pas pleurer.

Notre dur apprentissage est celui de la perte et de la blessure, peau sur la peau se refermant sur l'âme, cette étrange matière humaine.

Nous savons cependant que d'autres fauves naîtront, que d'autres encore renaîtront dans ce jardin, occupant la place de ceux qui sont partis. Hommes et femmes viendront ici retrouver leurs pâturages et leurs descendances.

Nous restons inclassables, révolutionnaires. Depuis quelques années, les hommes comme ceux qui ont pris Juan Valente n'osent plus entrer ici, car les animaux mythiques de l'aile nord ont jeté à terre leur portail massif et se sont mis à s'accoupler avec d'autres espèces, inlassablement.

Maintenant nous avons ici toutes sortes de bêtes redoutables. Sans peur, sans pair, sans loi, nous sommes libres. Bêtes de proie, hominidés, moitié divinités, moitié animaux, fauves de luxe, organiques, mélangeant mensonge et vérité, dans notre jardin nous pouvons tout.

L'eau

Entre autres arbitraires, le don de la communication ne lui fut pas concédé. L'acte simple, prosaïque, quotidien d'entrer en contact avec autrui par le langage lui avait été nié à la naissance. Elle ne parlait donc qu'aux pierres, aux ombres, à l'égarement qui guette le couple au coin de la rue, car, pour une raison inconnue, le rapport à l'humain lui avait été interdit.

Ce n'était pas du mutisme ni de l'entêtement. C'était une détermination de l'esprit, sa nature. Comme lorsque nous sommes petits et qu'il y a toujours cette grand-mère qui murmure en cadence : « Celui-là sera prêtre... Celle-là n'a pas résisté à la grippe, fragilité des os ». Forte comme un animal en pleine vitesse, la fillette ne souffrait de rien, aucune faiblesse ne la sauvait. Elle ne ressentait qu'une impossibilité infinie d'atteindre l'autre – l'autre qui vivait juste à côté.

Elle ne réagissait pas non plus aux mots « Dis-moi », « Réponds chérie », « Ça va ? », au grand désarroi de sa mère qui n'avait jamais rêvé de rien, faite de force et de bois, et qui n'appréhendait l'univers que par les objets disposés autour de ses hanches. Sa mère dominait le monde à partir de ses hanches fines, raison pour laquelle, peut-être, peu de mémoire trouvait encore place dans les poches de son tablier fleuri.

Rien de tout cela n'échappait à la fillette, quoiqu'elle ne fût pas malheureuse. Elle ne comprenait pas non plus qu'on la sollicitât tant. Elle apprit tôt à s'amuser de sa condition : les visiteurs gênés dessinaient dans l'air de grossières mimiques, comme s'il devenait possible de traduire ainsi l'immense abîme de cognition qui les séparait : la maladresse de la mère préparant des gâteaux pour colmater la distance ; le silence du père qui se refusait à intervenir dans le mystère ; ce que tramaient ses frères lorsque la fillette dormait, et qu'elle dévoilait le matin, devant tous, par un tour qu'on eût dit de magie.

Peut-être était-ce vraiment de la magie, parce qu'elle se mit à rêver abondamment la nuit et ne parlait qu'à ce moment-là. Se tenaient alors autour de son lit de petites audiences, un entassement de pyjamas attendant le miracle. Ainsi, côte à côte, ils semblaient une fresque de la *Sagrada Familia* ou de *La Cène*, comme si on les avait encadrés. Mamie priait, maman téléphonait aux parents éloignés, père rêvassait. Les frères bras dessus bras dessous voyaient là de la sorcellerie et se sentaient un amour soudain pour la sœur endormie, responsable de ces pique-niques nocturnes.

Ces réunions furent brusquement interrompues quand ils commencèrent à prendre le jour pour la nuit et, comme la vie est un labeur, qu'il arriva au père de ne plus pouvoir se lever le matin, tandis que la mère se mettait à tout oublier. Alors, ils comprirent : somnoler et rêver, c'était à la fillette de le faire, parce que les grandes résolutions ont lieu le jour, que les lois sont contestées et les décisions prises le soleil à son zénith, aucunement camouflé par la lune.

La question ainsi réglée, au désarroi des petits, ils se mirent d'accord avec l'autorité de ceux qui vivent.

Parmi les pyjamas qui, la nuit, encadraient la fillette, se détachait une petite frange noire. Juliano pensait. Proche d'un des frères, il avait failli mourir de joie quand on l'avait invité à participer à ces veillées, alors que déjà dans le voisinage se propageait la légende de la fillette qui ne parlait que la nuit.

Quand il entendit le premier mot, faible, léger, mais bien prononcé, « L'eau », Juliano, happé, comprit que sa vie s'engageait pour toujours dans ce tourbillon.

Mère courut chercher un verre d'eau, peut-être que la fillette allait se réveiller, père délibérait, les frères se regardaient, mais ce que Juliano souhaitait, avec l'impatience infinie et sacrée des enfants, c'était de connaître le Son de Sa voix.

Aussi, cette petite frange noire commença-t-elle à haïr légitimement toute cette confusion autour de la fillette, parce qu'à peine avait-il entendu « L'eau » qu'un concert de voix s'éleva, l'empêchant d'entendre, malgré l'effort immense qu'il déployait pour récupérer le ton, et de nouveau le Son de Sa voix.

Il n'a pas fallu attendre longtemps. Bientôt la fillette se mit à dire « L'eau » alors qu'elle était réveillée. Ce mot fut d'ailleurs le seul qu'elle prononçât. Elle le dit pour la première fois devant le bataillon des mères entassées dans le salon, récitant des litanies pour l'âme d'un enfant disparu. Elle se plaça au centre du cercle et dit « L'eau », regarda d'un regard sans expression vers *Zica do Armandinho* et sortit du temps, comme si elle s'était endormie debout, alors que les femmes répétaient en chœur comme des mouettes : eau, eau, eau, avec d'énormes points d'interrogation. Elles compatissaient.

Juliano fut de nombreuses fois présent au moment du miracle qui finissait par ne plus en être un, puisque chaque fois que la fillette voyait Zica dans la rue, c'était comme une inondation. Néanmoins, la fillette désenchanta vite la pauvre Zica, car, amusée, elle commença à répondre « eau » à toutes les questions qu'on lui posait. Comme si l'élément liquide pouvait être la réponse à toutes les questions du monde.

La malveillance se moquait déjà de la fillette quand on comprit tragiquement la signification de la constante répétition : c'est au bord de l'unique ruisseau de la région qu'on trouva le bébé de Zica noyé, dans une placidité d'enfant mort, enfant qu'elle-même avait tué afin de cacher à son mari la honte de la surdité du petit, qui commençait à devenir claire aux yeux du monde.

En ce lieu où les aberrations n'étaient guère tolérées, la fillette existait, malgré et pourtant. Toute la ville se mit à l'abhorrer, comme si elle pouvait lire les pensées et prévoir les petites infractions quotidiennes. Mais elle ne le pouvait pas. Elle ne les contrôlait pas les mots. Elle n'atteignait pas l'autre ; le mot « eau », quand elle le prononçait, était pour elle sans signification.

Néanmoins, l'épisode fit que le voisinage, soudain respectueux, arrêta de se moquer de la fillette aux portes des boulangeries et dans les lieux publics. Et, à partir de cet instant, toute la ville cessa de prononcer le mot « eau », qu'elle bannit pour toujours de son vocabulaire, puisque maudit.

De Zica, on n'a plus jamais entendu parler. Elle laissa un ruban rouge à la branche du grenadier de son jardin, comme un cordon ombilical. Armandinho se mura dans sa tristesse et le liquide au nom interdit ruissela de ses yeux, continûment. Même ses amis proches finirent par éviter de se retrouver avec ce père sans enfant d'un fils tué, de peur du mot interdit qui coulait à flot de ses yeux.

Le corps enflé et scintillant de l'enfant mort n'a plus jamais quitté la mémoire de Juliano qui soufflait vers le haut sa frange noire afin de mieux observer le petit cadavre, tandis que la fillette ne prêtait aucune attention au petit mort, comme si cela faisait partie d'elle depuis des temps immémoriaux. Elle regarda de nouveau sans expression le cadavre dans ce cercueil blanc de mauvais goût, et se mêla à la pompe de l'enterrement.

Mais elle parut à l'enterrement avec le ruban rouge attaché à ses cheveux, soigneusement noué à sa tresse châtain comme un ornement couleur sang. La mère le lui arracha rapidement et le jeta, nauséabond, dans le cimetière escarpé, puis elle marqua le visage de sa fille avec la paume de sa main. Manque de respect pour la famille de l'enfant. Tu n'as pas de cœur ? « Cœur », répéta la fillette à une mère glacée de peur, qui enterra aussitôt le mot en secret et ne le prononça plus jamais en elle-même, pas même en rêve – « Cœur ».

Jamais on n'entendit parler d'un sortilège autour de ce mot, d'autant moins que la mère le tut. Mais, chaque année, un ruban rouge poussait d'une branche du grenadier, chez Armandinho, juste à l'époque de la floraison.

La fillette retourna à l'enterrement le visage marqué par la main, sans le ruban et sans la mère qui s'était hâtée de rentrer chez elle, pour prier, accablée de peur. La voyant seule, sa tresse défaite, Juliano s'approcha et lui prit le bras. « La mort doit être comme une grenade », murmura la fille au garçon confus de frayeur, « dure dehors et douce dedans », dit-elle à l'ami qui ne se savait pas ami, ni ce qu'était un ami.

Plus jamais elle n'ouvrit la bouche. Au fil des ans, elle apprit à écrire des lettres d'amour. Elle apprit toute seule, puisque la solitude était son lot. Sans qu'elle le sût, sa réputation de Cupidon se répandit dans la région et, après peu de temps, la jeune fille écrivit sur papier pour une multitude de jeunes rêveurs tout ce qu'elle n'avait jamais réussi à dire.

« Jean, homme tant estimé », cela commençait ainsi, « la pluie qui jaillit de ton ventre me fascine. Quand viendras-tu de nouveau me voir, à ma fenêtre, et me faire ainsi des signes, alors que j'ai l'impression que tu disparais sous ton chapeau, mais le bleu profond de ton regard échappe au déguisement, et me signale en cristaux de silence une énorme envie de me voir. » Et Jean tombait amoureux d'Isaura, qui remerciait immensément la jeune femme pour ses écrits, elle qui ne comprenait rien ou faisait semblant de ne rien comprendre, et considérait les remerciements de ce même regard sans expression.

Amours et remerciements à part, c'est délibérément qu'elle n'a pas voulu célébrer son anniversaire cet été-là. Délibérément puisqu'elle y a pensé tout au long de l'année, encore que lors d'infimes instants entre les événements. Les lettres d'amour subvenaient aux besoins de toute la famille qui maintenant pouvait festoyer chaque samedi, avec sophistications décoratives.

Elle a délibérément pris congé de ses parents, s'est repliée dans une coquille, le corps couvert comme un escargot, et l'esprit parti exercer ailleurs. Rendue au lit, puisqu'il lui fallait prononcer des choses au sujet de la mort, mais pas sur ce ton maladroit des non-initiés.

Il lui fallait des réponses de la mort, comme nous qui en temps ordinaire manquons de souffle de vie. Un homme qui ne danse pas la danse des pierres avec les animaux affamés de son âme ne vit pas, il rêve. Et c'est bon de rêver, mais je veux goûter la mélasse amère du repos éternel, je veux savoir comment est le non-retour, pensa-t-elle, absolument muette. Avant de s'endormir et de sceller sa gorge en un souffle profond, elle appela la famille et les amis et dit « eau ». Pour toujours.

Juliano a beaucoup pleuré, versant l'élément liquide interdit. On aurait dit qu'un désastre imminent allait avoir lieu. Et pour cause : la jeune femme endormie à jamais, plus jamais le son de sa voix douce ne serait entendu, ne résonnerait comme auparavant, à de rares occasions, au temple, dans la ville, dans la chambre. Le père essaya de consoler le jeune homme qui à son tour arrivait à peine à le regarder, si profond était l'abîme qui s'était creusé entre lui et la fillette d'un côté, l'humanité entière de l'autre.

Non que sa dernière année n'eût été pleine d'événements heureux comme ceux que nous attendons tous, cycliquement. Il y avait eu des baptêmes, des grenades, des cerisiers en fleurs, des crépuscules, des flirts, des flirts importants, des propositions de mariage avec alliances, demandes et tout le reste, il y avait eu des amours d'été, cristaux brisés, pleurs dans la chambre, ruban de satin d'Anastasia, boisson fermentée, sport, vie.

Mais on accédait à une autre étape de la connaissance, celle que nous désapprouvons, que nous méprisons, dégoûtés, et qu'effrayés nous rejetons. Cette petite créature de rêve avait compris qu'il lui fallait dialoguer avec la mort et elle préférait le faire en mourant pour de vrai, non pas en vie, comme la plupart d'entre nous. Comme Joaquin, du village, qui, emprisonné dans l'immense labyrinthe de lui-même, devint fou, selon le langage des humains, et se perdit dans un langage enfantin, des murmures dénués de sens.

Faisant le lit pour la mort, elle choisit le linceul brodé à la main, pour soulager le temps. Le sommeil est venu facilement, sans écailles, comme dans les plus dures nuits d'hiver. Elle pensa, éprouva, au début du voyage, que l'espèce humaine n'a pas de mot pour décrire la rencontre avec l'au-delà. Pour la première fois, elle ne se sentit pas une incapable, de ne pas savoir parler. Elle pensa que le pont était fragile, mais possible, et franchit le portail avec une délicatesse de danseuse, d'enfant, d'oiseau.

De nos jours, une foule de gens font la queue devant chez sa mère. C'est que, dans l'entre-monde où elle s'est installée, elle a des visions et murmure des mots secrets. On dit que M. Lirio, son médecin depuis sa naissance, a gagné des millions au loto avec un numéro qu'elle soupira une fois. On dit aussi qu'elle parle aux morts et qu'elle retrouve des recettes de gâteaux oubliées, des bagues cachées depuis des siècles dans des caves, et que, dûment provoquée par l'odeur fraîchement recueillie de la rosée du matin, elle est capable de prévoir des guerres, des couronnements, des passions.

Le roi de Grèce est venu la visiter. Alors que des majestés lui rendent hommage, la mère se défait en sanglots. Son père est décédé et, selon ce qu'on raconte, d'une mort prévue par la fillette, au jour et à l'heure. « La voyance n'est pas pour les hommes », répète sa grand-mère sur le même ton cadencé.

En vérité, le futur est inconnu de tous. Une créature qui ne vit pas ne prévoit pas la mort, elle évolue sur un autre canal, selon des lois que nous ne comprenons pas encore. Certes, elle devient une professionnelle du passage.

Destin infortuné pour les uns, choix de *mierda* pour les autres, elle vit et dé-vit maintenant et pour toujours, telle une coquille sous le regard des nations, principautés et puissances.

Une certaine nuit, elle se mit sur le côté et cria le nom de la mère. Effrayée, la mère accourut, un papier et un crayon à la main, et, sous la lâche lumière de la bougie, prit note, sur son ordre, de la recette d'une compote immaculée qui, selon la prévision de la fillette, réduirait le monde à une saveur unique. Sachant garder le secret, la mère fit vertigineusement fortune, acheta un château en France et prit ses précautions pour se mettre à l'abri de toute mésentente au sujet de cette aberration.

Le seul à espérer encore est Juliano, dans ses visites hebdomadaires au chevet de son lit. Le front déjà argenté, les yeux attristés par l'attente infinie que fouettent des commentaires malveillants tels « idiot » ou « arriviste ».

Mais Juliano ne souhaite pas la révélation de secrets, de mystères ou de guérisons. Il veut regarder le visage de cette mort éternelle, auréolé de cheveux bouclés et châtains, comme une coquille sur des broderies, et se souvenir du jour où elle s'est tournée vers lui et lui a dit : « Juliano, la mort doit être comme une grenade, dure dehors et douce dedans ».

De son œil ne tombe plus l'élément interdit, encore que la substance liquide de son âme reflète, puissante, la voracité de l'eau quand elle est larme. Amoureux du passage et vivant pour elle, Juliano rend visite à cette créature sans espoir. Doux dehors et dur dedans, il devient pierre et, sans même le vouloir, se vide de vie en couchant tous les soirs avec la mort.

Myopie

Chaque fois qu'elle avait un nouvel amant dans son lit, Juliana ne se sentait vraiment nue que lorsqu'elle retirait ses lunettes. Les vêtements n'étaient rien. Les vêtements étaient des sottises, des petites sottises, pour Juliana.

La plus grande nudité était le geste sans lunettes, une délivrance absolue, quand le corps concluait alors des accords de paix silencieuse avec l'esprit et débordait de sujets-oiseaux en hordes pour le corps-cœur.

Quasiment aveugle, un grand œil lumineux d'eau et de lait et d'autres membranes interdites investissait alors son corps qui voyait tout avec un tact absolu. C'était un festin, un truc criminel, ce corps qui voit à la place des yeux, ce besoin qu'on a d'être aimé, d'être humain.

Mais l'apprentissage de l'amour n'est pas venu facilement pour la matière femme de Juliana. Entourée de soins, elle est née fragile et précoce dans ce monde et, encore petite, elle s'est tôt rendue compte de son incapacité avec ses parties délicates.

Les petites marques sur ses genoux, sur son front, une chute ici et là, une égratignure sur son coude, trahissaient les glissades que l'intense myopie de Juliana lui avait causées au cours de ses jeunes années, ce dur apprentissage des choses de nous avec nous-mêmes.

Cependant, elle n'avait pas l'habitude des mauvaises notes. Au contraire : ses désormais sept ans d'âge dressaient un tableau en couleur de bonnes notes, celles que l'on célèbre avec du soda et des rires à la maison. Juliana vivait toujours parmi les petits insectes, les vérandas, les clairs de lune plus ou moins visibles, les lézards qui donnent le dégout calme des murs, la mère et le père caressant la frange de ses cheveux, pour tout et rien.

Elle traversait cet âge où l'on a une frange et où l'on se sent libre. Parce que quand on a sept ans et qu'on vit parmi ce genre d'animaux, les choses et les résultats des équations deviennent plus clairs.

Puis, il est acceptable que l'on devienne un peu bébête lorsque l'on atteint une certaine taille, je dirais, peut-être qu'à partir d'un mètre soixante nous perdons la trace de nos pieds, et c'est alors que la frénésie d'une mésentente avec les talents cachés de l'âme commence. Mais jusqu'à un mètre et demi, nous avons encore la sagesse discrète de nous-mêmes. Il y a donc, mathématiquement, une distance inversement proportionnelle entre les sujets vectoriels de distance et les clameurs de l'âme. Il revient à la physique de démêler cela.

Juliana n'avait pas encore atteint cette taille à laquelle le corps est voué à l'inconfort. Pourtant, elle rencontrait déjà les désagréments de la vie, une vie aussi réelle et palpitante que le sang. Délicate, silencieuse, elle a commencé à être persécutée par une madame n'importe quoi, une enseignante du primaire, qui lui posait sans cesse les mêmes questions, comme si elle était folle à lier, dans des répétitions d'itinéraires.

Son répertoire ne changeait jamais : « Quelle est cette figure sur le mur, Juliana ? Quel est l'animal qui te fascine ? C'est vraiment toi qui l'as dessiné ? Petites pattes... ? » Juliana regardait le mur et, voyant une ligne jaune, s'exclamait : « C'est un jaguar qui mord la patte d'un chameau », expliqua-t-elle, après tout le dessin était le sien, elle connaissait les intrigues et les histoires de sa création. Mais sa maitresse absolument primaire répondait, avec le visage désabusé, presque en sanglots : « Mais non, non, non... » « Elle ne comprend rien », soupirait Juliana en avalant des petites pieuvres vertes et jaunes.

La situation s'est aggravée l'année suivante lorsque, ayant obtenu les meilleures notes aux questions posées en classe, elle échoua de manière catastrophique à un examen écrit. Personne n'a compris une telle absurdité. La jeune fille savait tout, pourquoi s'est-elle mise à dessiner de girafes tordues au milieu de son examen ? « C'est mignon », a répondu Juliana, sans hésiter. De manière douce et d'un regard déconcertant. Et quelles girafes !

L'affaire a évidemment était portée chez le proviseur, là où se résolvent les problèmes, cette pièce aux grosses vitres et aux rideaux poussiéreux. « Le bureau sentait les lunettes fraîches », dit Juliana à sa mère. Elle a reçu une punition exemplaire, autant pour le non-sens de son discours que pour l'obstination à insister sur des blagues infâmes avec des petits animaux ou d'autres choses de ce genre.

« Tu n'as qu'à aller au zoo, vociféra le proviseur, peindre des singes ». Juliana s'est approchée de sa table, a posé ses petites mains calmes sur la vieille et lourde table en bois, et a dit : « Vous semblez très fatigué ». Ce qui suivit fut un long silence entrecoupé de pressions de la main de la mère de Juliana sur la sienne. Puis, stupeur générale, un éclat de larmes du proviseur, qui était de ceux qui ne pouvaient pas accepter de se faire percer les tendons de l'âme.

Juliana continua à exercer son talent pour voir en sursaut les petites choses de rien. C'était comme si la matière dite « inanimée » émettait des courants électriques d'émotion, car c'est bien dans ces formes inanimées que les enfants supposent des choses et jouent avec elles, comme lorsque l'on habille une pierre pour en faire une poupée ou encore quand on enroule des vieilles chaussettes et les transforme en ballon.

Et tout au long de l'année ce fut comme ça, pure certitude. Juliana a compris que ses professeurs du primaire étaient prédisposés à créer de petits pièges à chaque recoin de l'entendement, dans cette construction difficile en forme de puzzle que nous essayons de faire quand nous sommes petits. Parce que comprendre, alors que l'on est petit, eh bien, ça fait mal. Et je devrais vous dire que les serpents, les singes et les girafes ont davantage de sens quand ils quittent les cours de biologie, c'est justement à ce moment-là qu'ils acquièrent des contours colorés et commencent à esquisser nos talents.

La grimace de la grenouille, la stratégie du serpent, l'explosion musclée du cheval. Mais ils étaient tous trop occupés à déchiffrer Juliana.

Pendant ce temps, la jeune fille travaillait à créer des jeux. Alors qu'elle donnait un coup de main à un camarade de classe pendant un cours d'éducation physique, elle remarqua qu'il avait les pointes de doigts mordues, de véritables plaies. Afin de mieux voir, Juliana ferma les yeux. Le petit était mort de trouille, on lui avait promis de baisser son pantalon à la fin du cours s'il ne cédait pas les autocollants qu'il avait collectionnés obsessionnellement afin de finir son album d'animaux. Dans le monde des enfants, terminer un album d'autocollants signifie une prouesse totale des forces supérieures, quelque chose d'inimaginable.

Sans réfléchir, Juliana, qui ne savait strictement rien, glissa sa main sous le pull du garçon et de là sortirent, déchiquetés en miettes, les autocollants cachés, un trésor perdu. Pour que personne d'autre ne les ait, le petit garçon avait déchiré les autocollants en petits morceaux et, maintenant, en les voyant comme ça, éparpillés sur le sol, pour le plus grand bonheur des autres enfants, il se mit à les assembler un à un, la queue du singe maladroitement jointe au corps du rhinocéros, la tête de dieu glissée dans la découpe du corps du diable. La petite foule jappait autour de lui, sous les projecteurs de la salle de sport du collège.

Ce fut le chaos. Et la fin des révélations pour Juliana, qui décida que son comportement était vraiment inadapté à l'état de bonheur tant recherché. Et que cette affaire de découvrir des autocollants d'animaux les yeux fermés n'apportait pas de compensations à l'esprit, tout ça était d'un grand ennui, alors elle est allée chez le médecin (« absolument myope », fut le diagnostic), « plus de sept degrés, comment n'avez-vous jamais remarqué ? »), qui lui prescrit une paire de lunettes épaisses, qui aplatissait son nez délicat, et elle les a mises et est allée en classe voir ce qu'elle ne pouvait pas voir auparavant et démêler ce qu'elle voyait déjà, et elle a grandi et a déménagé et est tombée amoureuse et s'est séparée et est devenue une femme adulte, et bien que les montures de ses lunettes soient devenues plus légères et plus sophistiquées, Juliana n'a jamais abandonné le zoo de sensations de ses sept ans.

Si bien qu'à chaque fois qu'elle avait un nouvel amant dans son lit, Juliana ne se sentait vraiment nue que lorsqu'elle retirait ses lunettes. C'était comme ça : au milieu des points diffus de l'âme et des ombres projetées sur l'armoire de la chambre, aucune d'entre elles identifiables, Juliana sentait d'abord un vol d'oiseaux mythologiques au-dessus de sa tête et de son corps. Multicolores, taquins, ils ne la touchaient pas, tout juste s'ils la chatouillaient. Puis, comme dans une symphonie, le ballet d'un tissu humide faisait fondre son corps, verticalisant son sexe, tout en lui promettant une autre existence.

Juliana désirait être un mastodonte, un nandou, un safari entier, un porc-épic, un papillon joueur sur le corps de son amant et, en dernier, une girafe jaune, oui, une girafe. C'est alors qu'elle ne voyait plus rien, que tout son corps devenait un œil, le grand œil humide d'un Cyclope, plongé dans des terres étrangères.

Et cette profusion ravissait ses amants. Et cela enchantait aussi ses élèves, à qui Juliana donnait des cours particuliers dans diverses disciplines et, pendant qu'elle apprenait aux petits à dessiner la lettre « O » sur la page, elle leur couvrait les yeux pour qu'ils puissent sentir le « O », entendre le « O », avant de comprendre la rondeur du « O ».

Et à chaque fin d'après-midi, une fois que ses talents furent découverts, quelques voisins discrets, triés sur le volet par Juliana, apportaient chez elle les afflictions de leurs proches. Ils suppliaient Juliana d'enlever ses lunettes de myopie afin que, quasi aveugle, elle puisse deviner quels étaient les oiseaux de proie qui dévoraient leurs esprits ou quelles guêpes infatigables dérangeaient leurs estomacs, ou la paroi de leurs œsophages, ou faisaient du bruit dans leurs oreilles, ou encore qui donc était responsable de leur goutte.

Juliana ne s'est jamais débarrassée de ses énormes lunettes, qui se sont épaissies au fil du temps. Elle n'osait pas non plus se guérir de ses prévoyances, de ses révélations. Elle a appris à aimer ses lunettes comme on aime l'oreiller, car ce sont elles, et seulement elles, placées sur son nez, qui ont définitivement fermé les ravins de son âme et, en lui montrant le monde tout neuf et absolument net, ont enfin permis à son esprit de se reposer, submergé qu'il a toujours été par toutes sortes de légendes, d'imaginaires, d'états et d'animaux comme ceux qui peuplent le monde, ces animaux que la plupart des gens qui peuvent voir ne voient jamais.

Ce retard

Norma court dans la maison derrière son fils. Elle craint qu'il ne se blesse, il a une maladie rare, son sang ne coagule pas. Si le fils de Norma se blesse, il peut se vider de son sang jusqu'à ce qu'il meure. Sous ses jupes, Norma porte des varices et une tristesse tranquille, peu importe si c'est un jour férié. Personne ne la transperce.

Assis au bord de la fenêtre, trois anges regardent le garçon. Plus de cent fois, ils l'ont sauvé des rebords pointus de toutes choses, des meubles qui se renversent, de la chaussure au laçage facile, d'une chute dans la cuisine, du cauchemar qui peut le faire tomber du lit.

Aimer cet enfant demandait une attention constante. Norma a appris à vivre avec sa peur. Elle a même appris à ressentir à la fois peur et amour. Elle a appris des choses si délicates (non pas par volonté propre, mais par une exigence de son âme) qu'elle a fini par s'éloigner du papotage avec les voisines, du leg familial qui exige rédemption et culpabilité, de la vie blanchie aux fenêtres.

Il y a sept ans, Norma a été catapultée de sa fenêtre à la vie, et elle n'a plus pu quitter cette terrasse terrible de l'existence. Tout est devenu petit. Peu importe que la verdure de la saison soit la chicorée ou le cresson. Ce qui établit les priorités, c'est la possibilité que l'enfant vive un jour de plus sans saigner.

D'un autre côté, Norma a commencé à apercevoir des choses dont elle ignorait l'existence. Elle a commencé à remarquer la vieillesse comateuse de sa tante, qui dispensait médication mais exigeait une attention quasi constante. Depuis lors, Norma s'attardait quelques minutes au bord de son lit, à écouter des petites histoires qui s'arrêtent toujours au milieu, inachevées. Elle a appris à apprécier ces histoires.

À cause de ces journées passées à la maison, à cause de l'enfant, Norma a aussi retrouvé des pans cachés de son enfance. Non pas ces registres de mémoire que nous avalons tout entiers en tant qu'adultes, mais des morceaux d'enfance hachés, fragmentés, des morceaux que l'on ne récupère pas en bloc, mais qui survivent seulement et uniquement parce qu'écartés les uns des autres et qui, c'est là qu'était sa crainte, jailliraient éternellement jusqu'à sa mort, si blessés, comme le ferait le sang de son fils.

Si le bus a du retard, les rares fois où elle quitte la maison, sa petite main à lui agrippée à la sienne, Norma se met à flirter avec le néant invisible des villes, et reste de la sorte, perdue dans le temps, alors que les roues des voitures lui font penser à un motif continu et brisé de certains pétards les jours de fête, lorsqu'elle était encore jeune fille. Il est possible que pendant le retard du bus, un goût de goyave verte envahisse sa bouche, et réveille ses désirs.

Ici, il n'y a pas de désespoir. Il n'y a que des précautions. Continuellement. Le retard du bus fait du bien à Norma – alors comme un enfant, elle oublie qu'elle se nourrit de peur et d'amour à doses conjointes et que, pour elle, le jaillissement c'est la mort. Le retard en Norma est un salut momentané.

Pour son mari, le retard de Norma à venir au lit afin de faire jaillir de lui certains plaisirs nécessaires, de plus en plus espacés, n'est qu'angoisse. Car le retard de Norma dans des gestes rapides mais désormais jamais plus efficaces, l'empêche d'oublier que l'amour n'existe plus depuis longtemps, et que sa seule possibilité de survivre sainement serait de la quitter, elle et l'enfant, une issue qu'il n'accomplira jamais hors du lit, hors du non-sexe, hors de l'amour, dans des jours ordinaires qui nous donnent le sentiment de normalité. Le retard de Norma est, pour son mari, un souvenir douloureux de la façon dont elle avait la main adroite pour l'amour.

Pour le grand-père de l'enfant, le retard est une chose précieuse. Cela lui permet d'étirer le temps qu'il lui reste, alors qu'il caresse les cheveux clairsemés de l'enfant assis sur ses genoux, craignant, comme tout vieillard, que le sable ne s'écoule trop vite d'une ampoule vers l'autre du sablier, dans un compte à rebours régressif. Pour le grand-père, le retard les rapproche, son petit-fils et lui, puisque tous les deux sont incapables de courir et donc infiniment sous la tutelle des murs de la maison. Ils ne prennent pas de décision, ils ne décident pas ce qu'ils vont manger. Ils n'ont pas d'envie, pas de faim, pas de désir. L'un et l'autre vivent en suspens. Pour le grand-père, le retard est la certitude de son immortalité.

Parfois, l'enfant aurait aimé pouvoir courir plus vite, mais le regard suppliant de sa mère lui inflige une compréhension paisible du danger. Pourtant, dans l'accalmie de son enfance, le retard provoque en lui un violent ulcère de sensations. C'est le retard qui lui laisse le temps de comprendre tout ce qu'on lui refuse, qui freine son mouvement alors qu'un troupeau d'amis traverse en courant les grilles de l'école, qui mesure la quantité d'eau qu'il est à même d'avaler, qui choisit pour lui la nourriture sur la table, encore qu'indigeste.

Le retard pousse en silence dans cette enfant comme une tempête tropicale. Un jour, cela se déversera inévitablement vers une autre sorte de sentiment, mais les averses sont interdites à celui qui ne peut pas jaillir.

Pendant ce temps-là, alors que l'enfant n'est encore qu'un petit garçon, trois anges assis au bord de la fenêtre prennent pour eux une partie de sa petite angoisse et la mangent comme on mange une tarte aux fruits, également partagée en trois.

Pendant que les anges mangent son ulcère, sa tempête, l'enfant dort. C'est que, pour les trois anges, le retard est la représentation la plus authentique de leur anti-vie éternelle, garantie par rien, des lieux sans fondement. C'est pourquoi les anges ont des ailes, pour qu'elles ne fassent pas du bruit alors qu'elles flottent autour du lit de l'enfant, pour qu'elles ne réveillent pas en lui la compréhension du temps, du retard de la mort, et de la voracité du sang qui jaillit.

La matière
(ou L'avènement de la matière)

C'était une nuit sans lune, sans grandes hésitations. Avez-vous déjà menti, avez-vous aimé le faire ?

Oui, j'essaie d'expliquer au monde que c'est précisément comme la sensation de la cerise cueillie au pied de l'arbre, mais rares sont ceux qui atteignent le fruit par ce goût que ma langue devine.

C'est mon éternel sentiment, soit je n'atteins pas le fruit, soit mes mollets n'atteignent pas la compréhension ni le refuge. Et pour votre connaissance, qu'il soit dit ici que la cerise écrasée au sol est encore dix fois plus juteuse que celle cueillie sur la branche de l'arbre. Quel havre de paix j'atteins quand tu m'ouvres les bras de ton entendement et que je sens que j'échange avec toi une sorte de fluide vital. Alors suis-moi :

La vocation était bien celle d'une petite cité, faite d'argent, d'or et de métaux, et de minéraux incrustés dans la roche. C'est pourquoi ils ne concevaient pas le luxe d'imaginer ses mouvements, et ils n'avaient pas encore assez peur de lui pour observer ses pas. C'était une vallée agnostique au milieu de la pierre, guérie de toute peur de la modernité. Elle n'était pas assujettie aux ouragans, mais ses géographies internes étaient encore mystérieuses, je ne saurais donc vous dire si l'endroit était sujet à des mouvements du dedans, comme les éruptions et autres désirs.

Celle-là a été l'hécatombe de mon âme, ma première hécatombe, la classe de ballet, dès que j'avais appris à parler. Je n'ai jamais songé à imaginer, de l'intérieur de ma ville indestructible, qu'il pouvait y avoir quelque chose d'aussi beau. J'appuyais mon visage d'enfant contre la vitre de la classe de danse, mes cheveux traînant jusqu'au bout de la balustrade de chaux et de fer, et j'y restais pour toujours, jusqu'à ce que je parte, le visage marqué, la rougeur des heures sur ma joue, des heures à regarder les filles danser.

C'est à partir des mouvements rythmiques qu'une ville entière a commencé à comprendre la différence fondamentale entre ce qui est à l'intérieur et ce qui est à l'extérieur de la peau. Ce qui est à l'intérieur de la peau articule le mouvement. Ce qui est à l'extérieur, l'exécute. La peau, frontière sans propriétaire, est la limite entre celui qui observe et celui qui exécute. Une ville à genoux qui s'imagine au-delà de ses cuisses.

L'avènement de la matière pleuvait sur la ville en gouttelettes de compréhension. Les événements incroyables se déroulaient ainsi. S'il faisait froid devant la vitre de la classe, la ville fermait les volets de bois (et d'acier) et la danse continuait, et c'était le moment que moi, déjà élève, j'aimais le plus : le cours de danse dans la pénombre, avant que la professeure ne se réveille de la transe des professeurs de ballet et, oubliant la mémoire de la peau, se souvienne qu'il faisait déjà nuit, et qu'il faudrait allumer la lampe moche de ce plafond improvisé, pour ne pas perdre l'ordre de ses mouvements. Je ne me suis jamais faite, tout au long de ma vie, à l'heure où l'on allume les lampes. Encore maintenant, je n'arrive pas à m'y faire.

Puisque même la professeure se perdait, livrée à elle-même dans la pénombre, préférant le silence de corrections posturales durant ce moment magique. Allumer les lumières avait pour seul effet indésirable d'inciter les gens à se détacher de leur corps et à commencer à les observer comme s'ils ne leur appartenaient plus. Nous sortions de nous-mêmes et la ligne douloureuse du corps se détachait de celle de la mémoire, défaisant les millénaires nœuds gordiens de consensus. C'était une déconstruction et cela avait un prix.

Pour moi, le prix à payer était de rentrer chez moi dans un état second, de sentir l'abominable goût de la nourriture et l'inconfort nouveau de la maison, et qu'il fallait que je profite de ces premières étincelles de révolution pour écrire mes vœux de Noël : « Cher petit Papa Noël, bonjour. Même si vous ne faites pas partie de la famille, vous pouvez le demander à mes parents : j'ai été fantastique. Alors je mérite des cadeaux. Je n'ai qu'un souhait, le voilà : qu'à la nuit, plus personne n'allume de lumière, je veux ressentir plus sereinement la flexion de mon genou, car j'ai l'impression qu'elle est semblable à celle de mon coude » j'écrivais, délicate.

Encore que petite, je craignais la violence. De l'effroi et de la fascination. Lors d'un cours d'éducation religieuse, on m'a tout appris sur les stigmates du Christ, ces marques sur le corps qui ne disparaissent jamais, et durant ce même cours, je suis tombée folle amoureuse de Marco Túlio, le garçon.

L'avènement de la matière est tombée comme un météore sur ma tête et a exaspéré mon corps qui, en plus des genoux et des coudes, découvrait avoir désormais aussi un sexe.

Dans ma ville agnostique, aucun mot n'était interdit. Mais le foyer de subversion était contenu dans l'avènement de la matière, qui a renversé les portes, comme la lave d'un volcan invisible et mystérieux, entrant dans nos maisons, déguisée en pièce montée, formée d'amour, de mort, de chagrin, de nostalgie, d'espoir, de victoires, de connaissance.

Une nouvelle faculté – la matière – nous avait été restituée, par on ne sait qui, et nous avions un amour profond pour tout ce qui était palpable, corps ou âme. Nous avons appris à éteindre les lumières pour mieux ressentir certaines structures, œuvres d'art, corps d'êtres chers. Chaque courbe, ligne droite ou déviation du matériau était utilisable. J'ai vu des scènes du film de ces jours chers à mon cœur. J'ai vu un jeune monsieur bien habillé s'arrêter un après-midi d'avril pour observer tomber une feuille d'un arbre sur le trottoir. C'était un silence plein de trompettes, cette feuille tombante, planait, jaune, grosse, lourde, plus lourde que les feuilles vertes fraîches, encore fermes au sommet ; cette feuille est venue au vent comme un bateau et a planté son oubli sur le sol, avec les yeux de l'homme.

J'ai vu des filles en fleurs frôler les murets, que la peau est délicate à cet âge. Elles se coiffaient les unes les autres en marchant dans la rue, il y avait comme une douceur en toute étreinte. La vie était un régal.

Mais ma vraie nouvelle révolution, de taille et presque fatale, est arrivée avec mon enfant. Enceinte, j'étais l'avènement même de la matière, et je n'ai plus été ni ne serai jamais plus la même femme. C'est comme si j'avais acquis de nouveaux yeux, de nouvelles mains et sept nouvelles paires d'antennes.

J'ai vu mon corps devenir une grosse matière involontaire pendant des mois, sur laquelle je n'avais guère de contrôle. Des courants liquides inconnus envoyaient des informations vers des recoins lointains sur l'étrange continent qui m'appartenait. J'ai reconnu le mouvement, mais j'étais comme un rail qui est aussi le chemin mais qui ne sait pas vers où il mène la locomotive.

Puis, il est arrivé, cette boule de matière et d'humeurs, et il était tout à moi. Je serais responsable de cette boule de matière pour toujours. Un jour, j'ai failli succomber à un tel avènement. C'est alors que, il était encore petit, enveloppé dans des compresses chauffantes, la peau encore si fine, je lui ai ouvert les habits et j'ai pressé mon oreille contre sa petite poitrine chaude et grondante. Quand j'ai entendu son cœur marteler les structures, prêt à faire grandir cette petite boule et constituer un homme tout entier, j'ai ressenti une sorte de chose pas encore nommable par notre espèce.

Et ce n'est pas la peine de venir me parler d'amour, quelle sottise. Il y a des choses que vous et moi n'avons même pas encore imaginées car nous ne supportons pas l'idée de l'ignorer, nous nommons cela l'innommable. Nous l'avons ignoré par pure anxiété. L'avènement de la matière est la reconnaissance de la matière, une science qui ne nous appartient pas encore.

Cela dit, je continue à essayer de percer, dans la chaleur de certains corps, quelques-uns de leurs mystères les plus chers.

Pierre

C'était un bloc de marbre indéfinissable placé sur une planche en bois au beau milieu de la chambre de Camille Claudel au sanatorium. Ce n'était pas de la clémence, c'était de la pitié. Comme si l'on comprenait la nécessité d'offrir de la matière à Camille.

Sans matière, elle ne bougeait pas, ne mangeait pas, ne se lavait pas. Ayant abandonné les échanges avec les êtres de la même espèce, elle avait choisi la pierre comme l'ultime demeure pour son âme. Seule en détention, elle mourait, simplement parce qu'il n'y avait rien à faire. Son existence dépendait de celle de la matière.

Pendant une bonne première heure, lorsqu'ils placèrent le gros bloc blanc au centre de la pièce, rien ne s'est passé.

Camille et la pierre étaient habituées au même silence, et elles continuèrent ainsi. Personne ne voulait rompre le pacte.

Elle et le bloc de pierre, statiques, effrayés qu'un mouvement ou un élan ne déverse leurs minéraux en cascades de secrets, conscients que ni l'un ni l'autre n'eut été capable de résister à une telle révélation.

Il y a des gens qui pensent que la folie n'est que tristesse. Eh bien non.

Les états de folie nous échappent et Camille, déjà au sommet du rocher des passions, plongerait encore dix fois par-dessus le précipice, si elle croyait que lancer l'oiseau blessé vaudrait vraiment sa mort.

Parfois, c'est un état jouissif, celui de la folie, et seuls ceux qui l'ont frôlé au moins une fois peuvent raconter cette histoire.

La pierre est née dans un état de folie, le monde entier désirant qu'elle devienne quelque chose de visible, de palpable, de définitif. La planète s'attend à ce que le bloc de pierre dure, qu'il perdure jusqu'à la fin des temps, et cela est déjà une raison suffisante pour devenir fou.

Tous étaient en pierre au début, et le sont toujours. Minéral cuit dans le cœur. Certaines sociétés anciennes croyaient que le fait de s'allonger sur un rocher réchauffé par les derniers rayons du soleil était capable d'amortir les soubresauts de l'âme et du corps.

J'ai commencé à naître, donc, au premier regard que Camille a posé sur moi, sur le sol de la paillasse, moi-marbre au centre, posé sur un drap crasseux comme si je pouvais être quelque chose de vraiment délicat.

La première fois qu'elle a regardé la pierre dont je suis fait, un faisceau d'intentions a démêlé les structures de mon marbre, ébranlant ses convictions et, pour la première fois, elle s'est rendu compte que quelque chose s'individualisait à l'intérieur de la pierre.

Camille a été récemment internée, nous le savons tous. Pour la première fois, elle ressent quelque chose qui ressemble à de l'inspiration. Mon bloc de marbre continue à arrêter d'exister, peu à peu, là au centre de la palette. Et cela n'a vraiment pas d'importance.

Je suis un bloc de marbre muté par le regard de Camille. Contrairement à ce que pourraient penser les autres bipèdes et quadrupèdes, je pulse. Je sanglote presque. Je sens qu'elle va me rendre immortel – et ma folie est la folie de l'éternel. La sienne est celle de l'ineffable, de l'intangible, du momentané fini.

Camille me regarde du milieu de la pièce et je frissonne. Elle vient vers moi après des jours de silence. Elle me touche délicatement, ferme les yeux, scrute la pierre afin de percevoir celui qui gît dans le monolithe blanc. Ce flirt indicible dure des jours, des semaines. Alors, elle prend ses outils et sans aucune délicatesse s'attaque à la pierre dont je suis fait.

C'est comme si je me libérais d'une enveloppe invisible et étouffante. Si avant je survivais, protégé par la pierre, aujourd'hui elle m'étouffe (comme les états d'esprit changent, comme sont glissantes les certitudes des choses !).

Peu à peu, ma tête commence à prendre forme, mes épaules, mon torse. Elle ne s'arrête pas. Je remarque qu'elle porte une attention particulière à mon torse, comme le font tous les animaux sensibles. C'est au contour du torse que l'on est touché. C'est là que l'on s'humanise, que l'on respire.

Un papier de verre très fin et délicat dessine les muscles de mon dos. Camille donne un raffinement à ma musculature. Je grandis. Je suis une muse grecque, je suis un abandon. Je suis la matière.

Elle me regarde et pleure. Je feins de m'évanouir, parce que le matériau dont je suis fait rend l'accès à l'eau impossible.

Quand Camille mourra, la seule chose qui l'identifiera dans ce cloaque qui l'ensevelit, ce sera moi, à ses côtés. Ma musculature raffinée à côté de son squelette, mon torse contre le sien, la matière mortelle dont elle est désormais faite, revenant à la matière immortelle que je serai désormais devenue.

Mutisme

L'humanité est dans la file d'attente d'une réponse ou pour qu'une réaction se produise dans le temps et l'espace, réaction toujours accompagnée de sons ou de gestes. Ou d'intentions. Même si c'est une intention discrète et laconique comme un petit pois, celle-ci nous sert déjà. Nous sommes envahis par l'espace douloureux du manque de réponse à nos énoncés, à ce que nous sommes.

Ce que peu d'entre nous réalisent, c'est que l'absence de réponse est souvent la plus grande des réponses. Je l'ai découvert de bien des façons, depuis plusieurs années, justement moi, l'une des plus bavardes, capable de recréer toute une grammaire s'il le faut, afin de ne jamais laisser le dit pour le non-dit, un espace vacant là où l'on pourrait dire quelque chose. À cause de ce vice, je n'arrive pas à laisser des espaces vides pour que d'autres le remplissent, ce qui, d'une certaine manière, m'isole quelque peu de l'humanité.

Je n'ai compris le mutisme comme réponse que lorsque j'ai vu le manque absolu de mots chez ma grand-mère, une femme de quatre-vingt-dix ans, qui n'a jamais cessé d'exprimer son opinion sur quoi que ce soit. Depuis que je marche sur mes deux jambes, j'entends la voix de ma grand-mère s'exprimer dans un portugais savant et incontestablement correct, avec des phrases proférées comme des discours de masse prononcés en place publique. Elle parlait toujours dans une sorte d'art oratoire très personnel, que ce soit sur l'éducation nationale, sur des jus vitaminés ou sur le résultat de la loterie.

Mais, une fois, cela arriva, alors que je rendais visite à ma grand-mère, toujours assise sur sa chaise en bois inconfortable (pour moi), vieille de plusieurs siècles, au coin de la table à manger, au milieu de cette maison où j'ai grandi, où j'ai vécu autrefois et dont les murs me chuchotent périodiquement des secrets. Elle riait, ouvrait d'une oreille à l'autre son délicat sourire de vieille femme, dans une absence totale d'expression, mais ne répondait à rien ni à personne. Je lui ai demandé si elle se sentait bien, elle m'a fait ce sourire funèbre et j'ai eu tellement envie de pleurer, mais je me suis retenue devant le reste de la famille, qui était accroupie à table comme des poules tristes. Nous étions tous de pitoyables poulets tristes à en chialer.

J'ai alors compris solennellement la tristesse désorientée de ma grand-mère. C'était de l'incrédulité, un détachement du monde. Et plus tard, j'ai compris plus précisément ses motivations, cela ne vaut pas la peine de les énumérer, mais ce qui convient de dire ici, c'est la réponse géante que ma grand-mère a renvoyée en cascades de douleur à tous les poulets tristes assis à cette table. Et nous avons tous refusé d'écouter, peut-être que nous ne voulions pas vraiment l'entendre.

À un certain moment, peut-être parce qu'elle-même ne supportait plus son incapacité nouvellement acquise à répondre verbalement, elle m'a montrée ses ongles un peu meurtris, je lui ai alors demandé : « ça te fait mal ? », elle a dit non, et on n'en a plus parlé.

Vers la fin de la soirée, j'ai décidé de respecter le silence de ma grand-mère et de rendre également mes réponses d'amour géantes en silence pur, *on the rocks*. Je l'ai prise sur mes genoux, je l'ai serrée dans mes bras en silence et il n'y avait plus rien à dire dans le poulailler d'amour de l'année.

J'ai aussi déjà vu des gens se taire d'amour. C'est une chose très impressionnante à voir, c'est à renverser les trônes et à rendre folle la sagesse. Je l'ai vu arriver juste à côté de moi, vraiment à mes côtés, c'était si impressionnant. Deux personnes se regardèrent dans un silence effrayant, sans un battement des cils, pendant quelques minutes, et entre elles un courant évocateur de sensations secoua la pièce.

Je me suis éloignée, ce moment ne m'appartenait pas, je n'étais peut-être que le résultat de cette rencontre, mais ce ne serait jamais la rencontre elle-même, la rencontre et la non-rencontre entre ces deux personnes, qui leur appartenaient et leur appartiendraient pour toujours, même si le monde explose et se recompose six fois, et même si les âmes s'incarnent et se désincarnent, et même s'il n'y a plus d'âme pour survivre, l'amour de ces deux paires de cils existera, retentissant dans les courants électriques qui s'inscrivent dans notre histoire, en silence, sur une tablette du destin universel qu'il ne nous appartient pas de dévoiler.

Leur amour était si grand qu'ils ont préféré le mutisme après un long chemin, car seul leur silence, enveloppé par l'amas de bruit autour (et pour cette raison encore plus incisif), pouvait clairement traduire la tempête de sensations qui s'y effondrait. Moi-spectateur, j'ai regardé la tempête le cœur battant, et je n'ai pas osé proférer le moindre son qui aurait pu arrêter cette tempête de manière inopportune, ce (non) verbiage, cet amour.

Le mutisme, ce répertoire des absences, est aussi une arme. Je comprends pourtant les ermites, qui évoquent une solitude qui nous est incompréhensible, mais qui, néanmoins, finissent étouffés par tant de matérialité, car leur monde du dedans devient insupportablement plus vaste que celui du dehors, et l'exercice de contenir et de gérer cet excès devient le matériau réel de leur apprentissage et de leur expiation.

Laisser des questions sans réponse, des gestes sans retour, des doutes et autres feux de l'esprit sans rétroaction, est un non-acte d'une qualité d'intention guerrière et d'une force prodigieuse.

Je connais une femme qui exerce suprêmement bien ce don, celui du silence. Peu importe qui ou quand, cette femme impose sa volonté simplement en ne l'exprimant pas. Au milieu du groupe, tourmenté par des décisions, elle ne lève jamais la main pour résoudre un dilemme.

Ils débattent, débattent et débattent, et à la fin de la journée, ils se tournent vers elle pour la supplier de donner une solution définitive à leurs questions. Elle, muette, n'apparaît pas à l'Autre.

Ils se tournent alors vers eux-mêmes, acculés par cette volonté inexplicable, et finissent par être forcés à trouver leurs propres réponses, et ils les retrouvent. C'est justement l'absence qui fonctionne comme un miroir magnifique : en absence de l'Autre, en quête de réponses, nous nous tournons vers nous-mêmes, dans une étrange reconnaissance.

Je n'ose pas me livrer davantage à ce répertoire d'absences. J'ai peur d'évoquer avec lui le manque de tous ceux qui ne sont pas avec moi dans l'ici et maintenant, et ce serait bien triste, justement pour moi, délicate et vorace. J'ai également peur d'évoquer le silence de manière si puissante que je ne revienne plus du fin fond de mon âme, dans la suprême compréhension de la sagesse qu'apporte l'absence. Je dis cela parce que cette femme dont je parlais tout à l'heure m'intrigue. Vue de l'extérieur, elle semble être d'une énormité impossible, totem et tabou, un aboutissement de la civilisation, une éminence, elle ressemble à un événement.

Je la respecte absolument et, à plusieurs reprises, son silence m'a prêté des qualités surnaturelles, telles que l'inspiration, l'invention et la grâce. J'ai appris avec son mutisme, le mien, et j'ai cessé de craindre ma solitude. Au milieu du silence, je suis devenue une femme.

Cependant, à chaque fois qu'elle se positionne au milieu du groupe, refusant d'intervenir et dirigeant vers tous son silence divinatoire, je me demande, durant un infime instant, si elle est vraiment là ou si elle est déjà partie vers la solitude d'esprit des morts, des délivrés, des demi-dieux et des enfants quand ils jouent.

Peut-être était-elle déjà partie, et ce qui nous est resté est cette convulsion de silence et d'absence péremptoires, car je crois que celui qui pénètre les recoins fermés de l'esprit, l'explosion de l'absence, ne revient jamais, en réponse éternelle.

Presque

Elles parlaient de tout, continuellement. Elles avaient pris date, les copines méritaient donc bien ce catharsis. Cette sensation de révolution et de vigueur qui nous prend lorsque nous sommes parmi nos pairs. Dans leur cas, des vies parfois dures, parfois paisibles, des vies qui ont des talons hauts, des enfants, une voiture, parfois un mari, parfois du plaisir ou des sensations.

Elles formaient un groupe animé. Il y avait eu un énorme effort de la part de Julieta pour les regrouper toutes, histoire de donner du repos à leurs maris, à leurs enfants, à tout et à n'importe quoi. Julieta les avait appelées avec insistance jusqu'à ce que, victorieuse, elle puisse célébrer ce jour de retrouvailles. Elle, qui avait été la plus timide de la classe, prenait maintenant des airs militants pour rassembler ses amies.

C'était aussi l'idée de Julieta de préparer un cocktail spécial pour l'occasion, à base des baies rouges, lequel causait un certain dérangement à Adelia qui, sans enthousiasme tordait le nez en regardant la boisson dans son verre et la sirotait volontiers dès qu'elle pensait que personne ne la voyait, ce qui évidemment faisait rire – mais d'un rire bienveillant – ses amies. C'est qu'Adelia avait une tendance à se contredire, bien qu'elle nie fermement une telle attitude. Et plus elle niait, plus elle se contredisait. Adelia avait une passion pour l'interdit, une passion entourée de haine de toutes parts, comme une belle île solitaire du Pacifique, où survivent des cultures exotiques et suicidaires. Adelia se cannibalisait et ne le savait pas.

Il convient de préciser que c'étaient de beaux calices, ceux que Juliette avait commandés pour l'occasion. Elle fit également repeindre le plafond taché de la vieille tonnelle du jardin en y posant un arrangement de fleurs, comme quand elles étaient petites et qu'elles s'y abandonnaient en jouant. Comment oublier la chute d'Hélénice, qui avait un peu sali sa robe d'organdi, mais dont la mère l'obligea à se frotter le museau sur l'herbe comme punition, avec cet étrange reniement des mères qu'elles seules possèdent. Elle a tellement pleuré, Hélénice, qu'on était toutes désolées pour elle.

Désormais, Hélénice, assise avec un chemisier en dentelle sur la table de la tonnelle, semblait s'être remise des cicatrices de l'herbe. Mais ce n'était qu'en apparence, car à ses côtés se trouvait le seul homme à table, un adolescent nommé Rodrigo, qui était plus un nuage ou une épitaphe, qu'un adolescent.

Palot, le fils d'Hélénice, se remettait de quelque chose que les autres ne pouvaient toujours pas nommer. Respirant fort, l'air abattu, poli, avec un sourire construit, il ressemblait plutôt à un forçat, malgré ses fulgurants 16 ans.

Hélénice a hérité de sa mère cette étrange répudiation des créatures maternelles quand elles rêvent, et que la réalité les frustre, alors elle rejoue consciencieusement chacune de ses déceptions avec Rodrigo.

Rodrigo est à tout jamais interdit de quelque chose. Sa mère a réussi à efféminer ses traits, son visage de jeune mâle n'a toujours pas de poils, car sa mère les arrache avec la pince à épiler en argent de son père, célèbre apothicaire. Hélénice reproduit chaque jour sur Rodrigo l'humiliation qu'elle a subie de sa mère, le museau traîné dans l'herbe, et plusieurs autres qui ont suivi celle-ci, jusqu'à ce qu'elle devienne enfin une biquette raisonnablement respectable pour épouser un jeune pharmacien, qu'elle méprise.

Hélénice a appris à aimer le mépris. Elle a créé une relation d'amitié intense avec, puisqu'elle ne pouvait pas se battre contre. Le mépris a toujours été plus grand qu'elle. Ainsi, elle a réussi à survivre dans un monde où tout n'est que frustration et attachement, humiliant quotidiennement son mari jusqu'à ce qu'il n'ose plus la regarder, même à l'intérieur de leur maison, castrant, soigneusement, comme la reine des abeilles, le petit bourdon de sa ruche. Aujourd'hui, Hélénice regarde ses amies en face, illuminée d'un réservoir plein d'anti-passions grotesques.

De l'autre côté de la table, Lucia et Regina sourient, des jumelles identiques qui ne mangent pas de viande, car un jour elles ont accidentellement tué un chat et depuis elles protègent de toutes leurs forces la peau des animaux en mémoire de celle de l'animal qu'elles ont tué. Pour cette raison, Julieta s'est confondue en excuses auprès des autres, expliquant ce qu'elles savaient toutes déjà, car cette fois ce serait un simple goûter, sans rôti de bœuf, mais Julieta a promis un dessert spécial pour compenser le manque de viande au menu de la tonnelle.

Les derniers occupants arrivent tardivement dans le jardin. Isabel vient de loin, pleine de vie, sa rousseur bouclée se balançant au vent, à la grande surprise de ses amies, qui l'ont toujours connue brune. Elle est jolie comme une jeune fille, et même Rodrigo se retourne pour mieux la regarder. Elle arrive en faisant signe de la main, tout sourire, et une grimace de malaise survole la table, sans laisser de trace, au milieu d'une politesse d'Olympe.

Aucune femme assise à cette table n'a pu ne pas envier la beauté d'Isabel, et cela est absolument humain. Elles ont transcendé l'inconfort en faveur d'une ancienne amitié, et elles l'ont fait de différentes manières, soit comme Lucia, tambourinant sur la table ses petits doigts bien manucurés, soit comme sa sœur, Regina, qui serra la mâchoire dans un sourire surpris, ou encore dans le rougissement soudain du visage de Rodrigo et l'évanescence rauque de sa mère lorsqu'elle lui demanda de la pudeur afin de ne pas avoir affaire à la beauté de son amie.

Le temps nécessaire à Isabel pour parcourir l'espace qui sépare la petite porte qui donne vers le jardin à la tonnelle des dames sembla comme une éternité, pour chacune d'elles. Alors qu'elle s'avance, toute la table songe à des façons de supporter la beauté d'Isabel, cette possible perle nouvellement découverte pour le bonheur d'un autre. Que faire du bonheur des autres ? Et si elle n'était pas réelle ? Isabel, cependant, feint ne rien comprendre.

Elle s'assied sur le siège réservé, non sans avoir d'abord embrassé chaque amie sur la joue, et être émerveillée de la façon dont Rodrigo a grandi, et senti les joues de Lucia comme si elle était encore une enfant, et soudain volé une grappe de raisins verts du bol en porcelaine auquel personne n'avait encore osé toucher.

De l'autre côté du jardin, où se trouvent les toilettes des femmes, Neuza arrive en courant à petits pas, vêtue comme pour aller à la messe et portant des chaussures au goût douteux, mais avec une présence d'esprit qui détend tout le monde. En fait, il n'y a pas que la présence d'esprit chez Neuza, mais bien autre chose. La table entière s'était détendue simplement parce qu'elle pouvait désormais ne plus se rapporter à la beauté d'Isabel, et détourner son attention vers quelque chose de moins menaçant ou imprévisible.

Enfin, la dernière invitée arrive, Lelê, un surnom affectueux donné à Laeticia depuis son enfance, désormais Madame Laeticia, arrivée en compagnie de sa mère, *Dona* Arminda, une toute vieille dame, qui marche en se trainant dans le jardin sans pour autant rater ne serait-ce qu'un détail de la beauté des fleurs et des plantes du jardin. *Dona* Arminda arrive en faisant attention à tout. Tirée par le bras puissant de Lelê, *Dona* Arminda arrive d'un seul tenant, taureau assis, l'habituel froncement de sourcils, les préoccupations déjà dissipées par ses oublis de vieille femme.

Neuf vieilles amies qui partagent un passé et un garçon de 16 ans sont assis autour de la table sous la tonnelle, ne sachant pas bien où déterrer les sourires, marchant sur les galets colorés que sont le cœur des gens.

Isabel est la première à se précipiter aux côtés de *Dona* Arminda, lui rappelant la fois où elle l'avait réprimandée pour un supposé flirt à la porte, alors qu'en fait c'était Laeticia qui se délectait des gestes et des baisers du voisin, c'était ça Lelê, la Lelê dissimulait toujours, projetant sur ses amis ce qu'elle ne s'avouait pas.

À cette époque, Isabel n'avait pas encore appris l'art de l'exubérance. Il a fallu que la maturité arrive pour que la jeune fille timide arrête de se cacher derrière ses lunettes et ses nattes brunes volumineuses, et apprenne à danser, à aimer, à se laisser aller. Contrairement à ses amies, Isabel ne s'était jamais mariée.

La grimace affectée de *Dona* Arminda a suffi pour mettre fin à cette conversation sans queue ni tête.

Julieta est venue à la rescousse, toute hôtesse qu'elle était, pour restaurer la bonne entente, appelant Muni, la vieille noire tant aimée par toutes les présentes, et qui était à l'intérieur de la maison.

Dès que Muni est apparue sur le pas de la porte de la cuisine, elles se sont toutes précipitées vers la vieille mama en courant, comme si les années n'avaient pas passé, dégageant leurs parfums de neuf ans en jupes, débardeurs, pieds nus. Une fois arrivées presque sur les genoux de la veille noire, après qu'elles eurent traversé le jardin, elles avaient à nouveau à peine cinq ans, et une envie de pleurer, de pleurer la *saudade* de Muni, qu'elles ont connue encore jeune femme, ronde, donnant sans limite ses bras et son affection aux excès de règles de la maison.

Muni portait un plateau rempli de biscuits couleur châtaigne, fraîchement sortis du four, enrobés de chocolat. Elles ont entouré la vieille noire, l'entrainent vers la table, chacune déjà mordillant le biscuit magique, comme si le temps ne s'était pas écoulé. Même Rodrigo s'émerveillait de la liberté nouvellement acquise par sa mère, la toujours sous-contrôle Hélénice, Hélénice qui marchait mains dans la main avec la raison. Sur les genoux de Muni, Hélénice se laissait aller, un point c'est tout. C'était le seul endroit au monde où le mépris n'avait pas de place.

Quelle joie de voir Muni et son large sourire, la Muni de toujours.

L'après-midi s'écoula bien gentiment, les histoires venaient et partaient, tout était calme après tant de fournées sucrées. Le cocktail aux baies rouges semblait avoir finalement plu à tout le monde, sauf à *Dona* Arminda, qui ne se livrait pas à de tels plaisirs. Elles l'ont toutes bu avec envie, même Adelia, qui n'a plus pris la peine de feindre un léger dégoût avant de se resservir de cette boisson aux fruits glacés, enrobés d'un léger spiritueux.

Alors que l'après-midi était déjà bien avancé, Muni est revenue en apportant le dessert (le fameux dessert), et elle n'a pas cru en ce qu'elle voyait.

Elle essaya de se déplacer vite malgré les varices et la fatigue de l'âge et l'encombrement du plateau, pour être sûre de ce qu'elle voyait et entendait.

Lorsqu'elle a atteint la tonnelle, une scène incroyable se déroulait.

Sous la table vitrée, uniquement recouverte d'un tissu blanc aux broderies anciennes, Adelia caressait comme une dévergondée le sexe de Rodrigo qui, immobile, était pourpre, impavide, une statue de marbre violacée par la plus profonde violence et gêne. Adelia était violente, dévoilant sur son visage de religieuse des grimaces de pécheresse, enchantée par la volupté de la statue sans défense qu'était Rodrigo. Hélénice (la mère de la statue impavide), s'amusait, ivre, à lécher les morceaux de beignet qui tombaient des mains voraces de Neuza, qui à son tour s'était jetée sur le reste de la nourriture comme une harpie affamée, et dévorait tout avec les yeux exorbités des enfants effrayés. Hélénice riait, riait, riait. Lorsqu'elle remarqua la main indiscrète d'Adelia, elle s'est mise en colère : elle laissa échapper un « sale pute » et infligea un pain au milieu de la figure d'Adelia, aux côtés d'un Rodrigo impavide, pleurant en silence, alors qu'Adelia hurlait en cascades, versant ce qui restait du cocktail sur Hélénice. Soudain, c'était aux jumelles de se précipiter, elles essayèrent de les séparer, mais finirent par aggraver la situation, car désormais au lieu de deux, elles étaient quatre à se battre.

De l'autre côté de la table, Isabel criait sur Laeticia qui, sans y prêter attention, essayait de forcer sa mère à changer de place, afin qu'elle ne gêne pas le passage. La vieille mère, qui gênait tout : le passage, la vie, l'avenir, l'amour, la mère grincheuse qui ne mourait jamais et qui se perpétuait.

Dona Arminda est restée immobile et silencieuse, elle ne se sentait pas gênée par les cris de sa fille ni ne faisait mine de vouloir bouger.

Soudain, les bras puissants de Laeticia (qui avait été championne de natation au lycée pendant de nombreuses années) soulevèrent la vieille femme avec impatience. Son chemisier retroussé montra alors au groupe incrédule le nombre d'hématomes et autres petites blessures sur les bras de la vieille femme, toutes méticuleusement causées par la rage de sa fille, année après année.

Le mutisme de *Dona* Arminda, au grand étonnement de tous, s'appelait Laeticia.

Isabel pleurait, inconsolable, maudissant le jour où elle avait accepté de participer à cet enfer, elle répétait que le passé ne devait pas être revisité, jamais, jamais, jamais. Julieta courut vers son amie, tout en veillant à ce qu'aucun verre ne soit brisé. Julieta cria en demandant le dessert, ils ne pouvaient pas finir sans avoir goûté le dessert.

Rodrigo, lui, vomissait en sanglots, son corps était la seule cascade qui lui restait pour réagir, son corps de garçon-fille violé, un corps qui ne lui appartenait plus.

Muni faillit laisser tomber le plateau avec le dessert italien et le café.

Mais elle cligna des yeux, elle ferma légèrement les yeux, puis les rouvrit avec empressement, prête à la prochaine attaque de la journée.

Mais quand elle se retourna à nouveau vers la tonnelle, les étourdissantes images d'avant avaient tout simplement disparu. Comme un fantôme, un éclair, une comète. Un mensonge. Une crainte.

Elles étaient toutes joyeusement assises, à boire du thé, du cocktail ou de l'eau, même Rodrigo avait perdu la pâleur de son visage et mangeait avec plaisir quelques raisins qu'Isabel lui avait donnés, tout comme *Dona* Arminda, qui souriait à moitié, mangeant avec une fourchette un gâteau aux noix que sa fille lui avait proposé.

Ce n'étaient pas des retrouvailles. C'était un bucolisme de fête foraine, une scène de roman, une réalité trop parfaite, avec la lumière du soleil descendant dans un cadre explicite, c'était presque un tableau.

Muni ne supporta pas le choc des inter-réalités. Elle s'évanouit. Elles accourent toutes vers Muni, désespérées.

Ce que Muni avait aperçu, œil lancinant comme celui d'un lynx, ce fut cet espace du

« presque », cet espace auquel nous tous, créatures humaines, sommes soumis. Le presque est le désespoir caché de l'âme. Chaque situation, chaque personne, chaque désir a un

« presque » invisible, comme un enfant avorté, une volonté, un élan frustré.

Muni avait vu le « presque » des retrouvailles entre des amies d'enfance sous la tonnelle, et n'avait pas supporté la violence irrémédiable de la transe de cette possibilité.

La femme-lézard

Elle ne pouvait plus vivre sur le sol fertile. Son corps l'avait accablée. Son Dieu. Son nombril. L'herbe maté. La mort. La vie de banlieue. L'éternité. Elle avait perdu ses trois enfants et cela était une affirmation sans but qui marchait sur un million de pattes, des pattes gluantes. Dans sa solitude, les insectes hurlent. Hurlent les lys. Hurle la surdité de la solitude. Tout crie pour celle qui a perdu l'âme de trois enfants, en trois hivers différents. L'un noyé, l'autre renversé, et le troisième malade.

Dans quelle direction ? Que demander ?

Celle qui ressent ainsi arrachés les fruits de son arbre se sent à tout jamais volée. Dévastée.

Il aurait fallu être malheureuse. Mais même cela lui était nié. Pas permis. Elle détourna son visage poreux de mère vers les arrière-cours de quelques proches qui vivaient dans le désert et apprit à apprécier le paysage qui affutait son insensibilité, l'absence de ventre, le regard astucieux du désert sur les hommes et sur les femmes, les animaux, les bêtes qui rampent dans l'ombre, les pierres crevassées, le feu.

Le premier jour, elle ouvrit ses portes et ses yeux vers le désert, elle a compris qu'il s'agissait d'un mariage. Sur elle, la mort, et non pas la vie du désert, était décisive. Ce n'était pas le dragon qui rampait sur une pierre qui lui offrirait de quoi se nourrir, mais la poussière, la circonstance de l'absence, la matière première des os.

Cela était satisfaisant. Qu'elle se baigne dans cette absence de sol, elle ne s'en plaindrait pas, elle pourrait reposer ses plus de cent kilos sur la terre aride du désert sans que s'y prélassent la pitié des autres, ces insectes de l'esclavage.

Elle a très tôt compris la liberté du désert. Elle restait immobile, face contre le vent, des jours entiers, sa peau pluchant le néant impassible qui habitait cette femme.

Elle n'aimait pas parler de ses enfants. Elle n'aimait pas voir sur les visages des gens leurs réactions sur la mort de ses enfants. Avec le temps, elle a appris à supporter la douleur de l'autre, puisque la sienne était irréalisable.

Elle riait.

Elle a appris à sourire avec les animaux sauvages, avec cette grimace prévenante aux dents pointues. Ils ne le savaient pas encore, mais la femme-lézard, orpheline de ses enfants, était devenue capable de tuer.

Allégorie

Il y a mon corps, un sentiment d'urgence dans mon corps.

Une allusion à l'orage, au fouet, au Saint du Rosaire. Compréhension sans fin. L'œil cadre le paysage de manière scientifique. L'Oralité.

Argile-pâte-charbon.

Le chemin remplit mon cœur de relief.

Rien n'est comparable au silence de Dinorah – la ressemblance avec la sensualité tactile de l'argile exige un abandon absolu.

Argile-pâte-dent. Aujourd'hui, je me suis réveillée pour nommer les choses. Sur le trottoir brûlant, je ressens le soleil sur ma colonne vertébrale. Sur les balcons, il y a des femmes qui assènent en fleurs. Sur les rues en pentes, les hommes portent des enfants. Sur les cordes à linge, les robes portent des imprimés.

Le vent rend tout ludique.

Si tes yeux remarquent d'une manière précise, les femmes entrent dans les robes, les hommes dans les femmes, les robes dans les imprimés et les enfants dans les poches des robes.

Je me transforme par la distorsion des matins. Mon cœur est un dépôt d'images douloureuses.

Argile. Pâtes. Cheveux. Dent.

L'homme noir me sourit avec sa seule dent.
Le vent rend tout ludique.

Je suis mue par la commotion, une commotion solitaire, celle de la sainteté. Dino a mystifié ma haine. La grande création humaine. Demain, à la fête – le bal.

Les hommes – ivres, téméraires.

Rouler les hanches. Apprivoiser le bassin.

Tant de sauvagerie.

Au bal. Allégorique. Démonstratif.

Rouler les hanches. Apprivoiser le bassin. Pour les chaises, dossiers hauts. L'élégance défile en cortège dans l'air lourd, remplie d'haleines. Et de fleurs fanées. Les étendards du rêve (du cauchemar) annonçant les visages sculptés, le silence.

Dinorah prie. Il y a des insectes partout.

Ironie – rien ne me dépeint mieux que le cauchemar.

La graine a atterri sur mon visage, définitive. Au cours du rêve, je vérifie les tours, les cathédrales. Dans un coin solide se niche le rêve de l'audace. L'humanité sourit en ligne. J'appuie mon épaule contre le cercle des intentions. Je prête au mouvement du monde de la sauvagerie.

Oui, j'élabore toujours mes chants de louange, avec dévotion et peur. La dévotion est originelle, obligatoire. Quand je pense à ces mots, je clos la question, la circulation s'est arrêtée dans mon corps. Et quiconque me juge sans mémoire, sans protection, s'équivoque totalement.

J'ai des gravures composées sur mon corps, prêtes, finies ; j'ai mon âme saccagée de bon gré.

Mon cœur est un creux aquatique, minéral.

Mon cœur est quelque chose de physique, de non disponible. Et si Dinorah touche mon cœur, c'est simplement parce que je le lui ai permis, et pour aucune autre raison.

Mon cœur est le cellier du monde.

Hier Dinorah m'a possédée, pour la première fois.

Mon cœur tenait dans sa main, intact. C'était le temps des réjouissances, la macula détaillée, le ciel grand ouvert d'où la voix de Dieu pouvait être entendue.

Salut, Majesté.

Ce n'est plus Dieu, mais Dino qui arrive.

Des exclamations se baladent sur son manteau. Elle porte des vêtements transparents pour que je la voie. Dino accomplira mes rituels d'euphorie et de peur.

J'adore les provocations sans amour que mon esprit brille la nuit avant mon cœur. Je t'ai désirée sans amour, Dinorah. Ton nom explicite barbouillant mon museau.

Bien avant toi sont venus Paulo, Domingos, Cléo, Julie, le poisson, l'absence de son, la boule de feu venant du ciel, le cœur de Maria, la poésie et les vampires autour de la poésie, les friandises, le quotidien ordinaire.

Tu n'es venue que bien plus tard.

Avant il y a eu M., qui a percuté mon cœur. M. était une enfant sensuelle quand elle a percuté mon cœur, exposé à la fenêtre du tramway. Mon infamie à treize ans se répercutant sur mes cent vingt.

Mais Dinorah ne s'est jamais fait prier, sur le bateau, sous ses rubans, ou dans la rue, elle parle du cul avec la délicatesse d'une jeune mariée.

Mon art est fait de gestes et de mots, pas de sentiments. Sous la lune, j'ai une fois compris ma solitude, qui n'a pas besoin de Dinorah pour être parfaite. Nous jouons le créateur et la créature dans le monde. Je peux t'appartenir et porter des laisses bleues si ça m'amuse.

Dinorah, la fière, joue avec moi le jour du Seigneur.

Le premier samedi de mai, elle s'est moquée de mes nattes. Je n'aurais jamais pensé que quelqu'un pouvait être aussi audacieux. Le dimanche, elle marchait déjà à côté de moi, s'équilibrant sur la pointe des pieds, j'étais sobre, la folie bien dissimulée sous ma robe pour aller à la messe, chaussettes et chaussures. Malgré tout, je ne pus m'empêcher d'admirer ses épaules blanches et sa démarche maladroite.

La troisième fois, elle était assise à côté de moi, j'ai souhaité être aveugle.

Car le paysage reflétait mes yeux, ce qui signifiait le désir, et elle connaissait ma pudeur la plus délicate, mes mains lascives, ma timidité cachée, ma haine qui criait qu'elle s'en aille. Hier, j'ai pensé à la mort, Dinorah. Et ton nom est apparu tout blanc dans ma tête, comme un ange. J'ai pensé en détail à la violence de la mort et à ses instruments. J'ai pensé au choix. De telles choses ne doivent pas correspondre à notre jeunesse et à notre joie presque enfantine. Quelle envie j'ai d'être grand ! Être au-dessus de la mort, au-dessus du désert. Posséder les choses lentement, comme un chat, se faufilant aux bords des jours, à quatre pattes, contenant mon désir pour le satisfaire dans le luxe de l'instant suivant.

Je suis une agent, une émissaire. Je porte la bonté dans mon sein gauche, et au sein droit, celui le plus flétri, je porte la cruauté ?

Et je suis si jeune, Dinorah – cette douceur ronde et confiante qui me surprend.

Il y a des arts si parfaits qu'ils nous décrivent presque. Il y a des serpents dans les jardins, il y a le temps, Dinorah ! Il y a l'enfant circonspect que je suis, le fleuve sinueux que tu es, l'Histoire.

Aujourd'hui, au-dessus des nuages, j'ai ressenti une joie presque totale – devant mon nez, la ligne d'horizon était un fil rouge et tendu. L'arc de l'horizon habillait mon visage à des milliers de mètres d'altitude. Altimètres. Gouttes (suspectes) d'altitude.

Allô Constantinople. Je vois chaque monde avec une nomination différente car elle est tatouée sur moi et m'accompagne.

Et quand les nouveaux mondes se profilent à la fenêtre, je souhaite juste qu'elle revienne à nouveau.

Je vois le bruit de la mer, l'invocation des voiles. Bonjour Mustafa, guérisseur, semeur, le tigre.

Donnez-moi la mauvaise herbe pour que j'aie de l'intelligence, moi qui toujours piétine, discrimine et embellit.

Bonjour, semeur. Je marcherai pieds nus sur la Terre pour comprendre Ta parole, proclamée en silence par les astronautes.

Chaque mot sort de mon cœur comme une surprise. Mon cœur hanté déploie des drapeaux.

L'avis de la découverte se déchiffre dans mon corps. Les vieilles cartes, les caravelles, la paupière annoncée, blanche et solennelle.

Et chaque mouvement est capable de me trahir avec brio. Chaque mouvement est sur le point de me trahir et c'est la faute de cet animal angélique – Dino.

Dinosaure. Laissant des empreintes monstrueuses sur les parties les plus influençables de mon corps. Je bercerai Dino pour l'éternité, à travers les caravelles hantées, et mon cœur trouvera les mots les plus doux, j'espère, pour dire ce que je n'arrive pas à prononcer. Ainsi, les matins, je trouverai le bonheur dans chaque objet.

Tout ça parce qu'elle va me sourire depuis le lit, amusée par ma maladresse.

Au commencement, étaient les créatures de Dieu dans un utérus sans forme. Ensuite, tout a été nommé, y compris les anges, afin que pendant le rêve la confusion ne s'installe pas. Silence, Dinorah. Je raconte ton histoire. Ton nom t'a été donné avec le plus grand amour, ce genre d'amour que seul le Père possède. Et le son de ce nom remplira le temps d'impressions de guerre, d'insectes, de sexe, de couleur, de tout.

Bannières cauchemardesques.

Dinorah prie.

Le vieil homme agonise dans la chambre.

Sa femme, aussi âgée que lui, chante des chansons anciennes. Personne ne colmate la douleur du monde.

Les fenêtres de la chambre s'ouvrent et se ferment, dans un mouvement continu. De vieux meubles. On ne voit rien, les yeux du vieil homme, les tempes claires d'où les mèches de cheveux, longues et blanches, s'étalent sur le lit.

Le chant de la femme est puissant et il n'y a pas moyen d'y échapper. La vieille femme, sans beauté, pleure pour lui.

La vieille femme aux yeux voraces crie sa haine contre Dieu.

Quand les fenêtres s'ouvrent, la pièce est remplie de lumière.

Et quand les fenêtres se ferment, presque prudemment, pour ne pas réveiller la personne à moitié endormie, la chambre devient noire, creuse, sans espoir.

Alors je découvre avec horreur la grande image du rêve – la chambre c'est le vieil homme lui-même. Les fenêtres, ses paupières. Le mouvement des fenêtres – l'écriture de son souffle.

Insectes – sentinelles sur les seuils.

C'est la vérité du rêve – ce qu'il y a de plus horrible et de plus beau.

Lorsqu'il meurt et que les fenêtres se ferment définitivement, le bal interrompu reprend, frénétique.

Et le banquet, la commémoration de la mort.

Nous célébrons.

Orchestres et salles, le sentiment bouffon.

Nous célébrons. Des enfants nus courent dans la salle. Ce sont des anges et ils prendront le vieil homme. La vieille femme chante des chansons ancestrales.

Rédemption – l'érotisme des enfants nus et violents.

Mon visage est tendu. Regarde le maquillage de rêve sur mon visage, tout était si doux. Pense à l'impuissance du visage, montrant ce qui se cache derrière les sourcils.

Pense à mon visage pathétique, moi, Lucia, un ange divin, esquissé dans un sommeil profond.

Pense à mon œil immobile et humide.

Eh, Dino, va-t'en ! Va-t'en aussi vite que tu me dis : « je t'aime ! », si bien que je n'ai aucun moyen de réagir à tant d'agressivité. Ton départ se reflétera à jamais dans mon œil immobile et humide. Fuis, Dinorah, ou je te fais rentrer dans ma malédiction, dans ma Parole, dans ma Parole créatrice, intense et possessive.

Fuis avant que je ne te nomme et enferme ce nom à jamais dans ma bouche, dans ma journée, dans mon existence.

Ton nom qui repose dans ma gorge est une possibilité plus terrible que la prison, que les rêves, le sommeil ou la mort.

Ton nom dans la foule – l'épicentre de mon désir, le nom.

CRIÉ. Soudain. Démesuré.

Ton nom, Dinorah, est à jamais exposé.

Le temps passera et un jour Dino et moi serons un incognito, un souffle, juste un glissement dans les histoires d'amour trépidantes du monde. Un jour peut-être nous nous rencontrerons dans la rue par hasard et nous ne serons plus que deux dames distinguées, avec leurs sacs à main et, à l'intérieur, leurs cœurs mûrs, lourds comme des melons.

Vais-je encore porter mes talons hauts ? (Les anges sourient, ils savent que je n'ai pas changé).

Moi, Lucie, tombée du ciel, je serai vieille, mûre et lourde comme un melon au marché.

Ensuite, nous nous saluerons gracieusement d'un geste de la main et nous sentirons comme si quelque chose signifiait enfin l'abandon.

Comment vas-tu, Dinorah ? Elle n'a pas entendu ma question, cette vieille femme sourde, elle traverse précipitamment la rue. La même démarche disgracieuse qu'à ses dix-huit ans.

Dinorah ne regarde pas en arrière. Mon cœur soigneusement enveloppé s'est arrêté de battre.

Je peux mourir maintenant.

Après tout !? Jamais ! Mais jamais, tu comprends, Dinorah ? Je n'ai jamais été sûre de ta concrétude. J'ai toujours cru que tu étais la fille de l'histoire, laide, menteuse, dévorée par le monstre.

Tu es une histoire pour des enfants tristes.

Et je suis une gentille vieille dame qui travaille sur les jurons mentaux. Vas-t'en ! Laisse-moi vieillir seule – je veux la paix, des cabas, des petits-enfants. Tu seras, en revanche, le personnage préféré de mes histoires farfelues. Tu es proportionnel à ma peine, à la fin de journée, au désir semé.

Comment vas-tu, Dinorah ? Je tire le cri du plus profond de mon estomac. J'ai eu la prise de conscience soudaine que nous étions peut-être deux vieilles femmes sans mémoire maintenant. Je pense avec tristesse et sobriété à nos mains autrefois si douces, dignes de porter la sensualité comme si elles étaient des fruits mûrs.

Au milieu de mon visage de vieille femme il y a quelque chose qui ne s'accorde pas au reste. Retrouver Dino après toutes ces années a transgressé ses contours. Je ne ressemble plus à la vieille femme que je suis vraiment, mais à une enfant grotesquement maquillée par la vieillesse.

Maintenant, la revoilà la peur de l'enfance, je l'avais oubliée, oublie les bruits de la maison de mes parents, mes petits pieds, qui n'atteignent pas Dinorah. La solitude me tourmente les oreilles.

Je suis tendre, elle ne l'est pas. Je le regrette, pas elle. Je suis imparfaite, elle ne l'est pas.

Elle, elle, elle, le mot qui résonne dans ma triste tête. Qu'il est idiot cet amour entre veilles.

J'affiche un visage infini. Et je donnerai mon visage à un simple passant, à la peur et à la violence à parts égales.

Je suis sur le point de détruire la pureté.

Mon visage est l'énorme véhicule du langage.

Or il y a quelque chose qui obstrue quelque peu mes veines qui vont de la gorge à l'œil gauche, et cela trahi la débauche de mots.

J'ai mal à la main gauche en écrivant, il y a quelque chose qui ne va vraiment pas avec le côté gauche de mon corps. Le sein gauche, mutant, est plus gros. Il contient l'idéogramme, l'humidité et le délice. Mon corps ne se repose pas.

Ma chère Dinorah,

Je me remets encore de l'existence physique des mots que tu as si gentiment écrits dans la lettre qui m'est adressée. Je me remets lentement de ton existence. J'ai fait de terribles cauchemars après avoir lu cette histoire d'horreur, ce beau poème, la valse, les minuties liées à ton désir. J'ai rêvé qu'une énorme langue me parcourait l'estomac à la recherche de quelque chose d'indéfini, et quand je me suis réveillée, mon estomac était contracté et mon œil était cristallisé, mort. Tu n'as pas pitié de moi, Dinorah ? De mon corps contracté de désir, de mes petits pieds, de ma paupière fermée, de ma voracité ? Tu ne te sens pas désolée pour mon corps nu, détendu et énorme.

Et je n'aurai pas pitié de ta peur, dévouée Dinorah, quand dans un geste de vengeance je vais te vampiriser, t'effacer, t'ôter la phrase de désir, t'exécuter, exhiber ta chevelure à mes amants dégoûtés, pour la mépriser ensuite.

J'espère que mes paroles sont aussi dures que les tiennes, toujours gravées dans mon corps.

Tes mots tatoués en caractères gras sur mon corps.

Salut D

Mon cœur est resté dans ma main, intact.

Ma haine était faite pour les majestés. Chapeaux rubans, albâtre, indiscrétion. Des fleurs nous faisant des révérences élégantes et moi répondant avec des mots anciens.

L'écriture du vent dans les cheveux épais de Dinorah.

Tout est mûr pour la sorcellerie.

Le concret enchanté des choses nous invite et nous enveloppe.

L'architecture, les branches de Jérusalem, le destinataire, le Sauveur. La terre enchantée, la mer ouverte et voluptueuse. Tout nous invite.

Alors je ne voulais plus penser. Même la lumière du jour me paraissait fausse.

Même mon visage avait l'air diabolique.

Dans mon rêve, nous avons suspendu des roses rouges sur nos sexes et brodé des fleurs sur nos corps, dans une atroce douleur. Nous l'avons fait avec une simplicité que je ne pourrai jamais comprendre, cette simplicité transparente des rêves.

Aujourd'hui, j'ai prié sur le corps de Dinorah.

Aujourd'hui, j'ai conduit les légions, je suis descendue au centre de la Terre, je n'ai absolument rien compris. Aujourd'hui, j'étais le jeune garçon qui désirait le corps de Dino, j'étais la folle sur la jetée, j'étais le prêtre, j'étais le désir de Dieu.

Dino, qui est plus ignorante que moi, m'enseigne des leçons complètes.

Les journées passent maintenant, lourdes, et je n'ai plus de peurs mondaines, seulement la peur de toi et moi, la peur sommaire. Nous mettons le processus en marche et il n'y a plus de temps pour rien, sauf pour cet amour douloureux et exigeant.

Mon corps cible, dans la foule.

Au mois d'avril, nous observerons plus clairement la constellation de Scorpion dans le ciel. Mes cheveux seront offerts dans le sanctuaire, dans la joie de la danse et du vin. Tout se mettra en place et j'oublierai mon cœur pendant un moment. Je serai en paix. Au mois d'avril, je comprendrai la vérité des rochers, des murs et des ruines.

En avril, nous reconnaîtrons la commémoration primitive – les enfants tués dans les rues, les personnes en deuil, le jasmin.

Les femmes dérouleront leurs draps de nuit avec fierté.

Des milliers de draps s'étendaient jusqu'aux abords de la ville, pour que d'autres peuples nous regardent avec admiration.

L'oracle fera ses prédictions confuses, déclarera l'énigme.

Les hommes, les femmes, la vieillesse accrochée aux fenêtres, le sourire divin.

Dinorah hallucinée, exacte, préparant les arrière--cours, les filles porteront des fleurs.

Je veux que mon chemin soit orchestré, juste.

Je veux mes yeux clairs, dans une immobilité extrême, sans prononciation, sans temps.

J'ai eu très peur quand je t'ai vue pleurer et encore plus peur quand j'ai découvert, au milieu d'une pensée, l'une de mes larmes dans le défaire de mon visage.

Mon visage, D., qui était autrefois si doux, est maintenant déformé par la peur et par la violence.
 Mon visage est tendu.

Demain, je serai présente à la première messe de la journée, concise comme mon chignon, je chanterai mes hymnes, mes fiers chants de louange. Je regarderai chastement le Père Valério, qui n'osera pas retourner mon regard.

Tant mieux.

Je me suis lassée de cette dévotion – millénaire, solitaire et triste.

La fleur s'ouvre en trois parties, Dinorah.

Pulsante, en éternel déploiement.

C'est le secret que tu m'as appris et je n'ai jamais eu le courage de l'oublier.

Conception et réalisation éditoriale :
Marcia Tiburi
Simone Paulino
Gabriela Castro

Traduction : Izabella Borges
Relecture : Ariane de Bremaeker, Luana Azzolin,
Raquel Camargo

Conception graphique : Bloco Gráfico
Production graphique : Marina Ambrasas

Assistantes éditoriales : Gabriel Paulino, Renata de Sá
Assistante de conception graphique : Stephanie Y. Shu,
Letícia Zanfolim

Dépôt légal : septembre 2023
Imprimé au Brésil par Margraf
N° d'éditeur 494346

—

ISBN [FRANCE] 978-2-494346-01-7
ISBN [BRASIL] 978-85-69020-97-4